林奇梅詩選

老田巷

林奇梅　著

自序

晨起打開了窗簾，看見層層魚鱗似的天空，微紅的太陽，剛露了一點點兒臉，幾隻鳥兒跳躍歡心，想必是牠們已經吃飽了早餐，喝足了露水，滋潤了喉嚨，開始唱起歌來，其歌聲也特別地柔和婉轉悅耳。

前院的木蘭花開得紫紅嬌豔，陽光從樹梢上灑落，映照著青草地，綴繡著黃黃點點的亮光，很是美麗，花草盎然了滿庭院。

後院幾棵不同品種的山茶花，長得茁壯，自從開春以來姹紫嫣紅，花姿豐盈卓越，花色鮮豔而高雅端莊，它是多麼沉穩而耐久地開放。

我的視野正陶醉在這一個充滿著芳香的花圃園地裡，忽然聽到幾隻麻雀鳥，在後院的小樹叢裡吱吱喳喳，還有一些在屋簷上相呼應，牠們的聲音轉移了我的視線，我也看見有幾隻麻雀們正在綠色如毯的草坪上跳躍，牠們的口銜著乾草和樹葉，在小樹叢周圍飛進飛出而忙碌著，想必是為了即將來臨的小鳥雛而另築新巢，牠們頭上的羽冠帶點灰藍，全身羽毛是淺咖啡色，而背上稍帶有一些深褐色點的紋路，雖不是很耀眼，卻也搭配得甚為恰當。

麻雀們雖然不會唱歌，只會吵鬧，甚至於吱吱喳喳的到處跳躍，牠們似乎過得很快樂，每天，牠們不顧其他鳥兒的反對，也不顧房屋主人的高興或者是不高興，牠們也不在意清早就來打攪花園裡的寧靜，而只顧使用自己的語言不停地說著，忙著，麻雀的語言在這靜謐的早晨，確實也真吵雜，然，我身處異地他鄉，住在倫敦的格林佛小鎮的老田巷子裡已有多年，思念故鄉的情卻，反使我感覺到，牠們這一種吱吱喳喳的聲音，像是音樂藝術家在譜曲，是在陪伴我的孤單以及填滿我心靈的寂寞和空虛。

微紅的晨曦，照在早起的人們的臉龐上，是多麼愉快歡心，於是，穿上了便服和運動鞋，去豪士頓山嶺踏青，我像是一棵早晨的朝陽花，追逐著慢慢地從東方升起的太陽，沿著柏恩溪畔散步，小溪兩旁是楊柳垂蔭，有幾片的落葉如小小的船舟，輕輕的浮在水面上滑行，蘆葦花隨著微風吹拂，搖曳生姿，金黃色的花穗閃爍在晨曦薄靄的水面上，光潔旖麗。

怡人欣賞的景色是多麼清新翠綠，我不由得自主地歌頌著：

豪士頓山

原野一片野菊黃黃
綠油油的草地白花點綴
喇叭花愛攀爬與晨曦玩追逐
風兒帶走灰雲朵朵
濃密茁壯挺拔的橡樹
槐樹林在豪士頓小山丘

忍冬花芳香瀰漫
紅白相間柔美
迎得嗡嗡的蜜蜂
與飛舞的蝴蝶
啾啾的鳥鳴其聲也怯怯
是否仍在找尋良伴

柏恩溪緩緩地環繞
它不寂寞愛與頑石跳躍
一陣陣的拍擊聲漫瀾四濺
打動著旅人的孤寂
一對天鵝在水中悠游
母鴨帶領甫生鵝黃的小鴨
活潑地洗濯
聒聒地呼朋引伴
水鳩雞應聲喝著

登上了豪士頓山，我更墊起了腳尖，極目遠望清新明朗，更可以遙望到泰晤士河南邊的景色，那是多麼綠意盎然的地方，瞬間，一幅親切而熟悉的畫面呈現在我的腦海裡，我好像看見了圍繞著故鄉嘉南平原的巴掌溪，它蜿蜒曲折地流過了多少頃的甘蔗園和水稻田地，那是我日以繼夜繫念不已的故鄉寶島台灣，我祈福它永遠是一個美麗之島，是豐盈國泰民安的園地。

我住的地方

我住的地方淳樸的莊稼農舍
位在寬廣無際的嘉南田園
黎明即起　公雞啼叫　太陽閃爍金黃
牽牛花朵朵似喇叭攀爬在樹叢
籬笆晾曬著一件件美麗的花衫

綠油油一片山巒
濃密的檳榔樹葉像傘遮陽
道路旁列對整齊的芒果樹
粒粒濃郁的果實串串地掛著
叮咚叮咚的隨著微風飄落
放眼稻禾麥穗隨風波浪
節節瘦瘦長長甜甜的甘蔗

串串粒粒隱藏地底的落花生
藤長鬚多葉綠根莖的甜薯
白色花椰菜含苞棵棵圓圓似球

庭院深深　玫瑰紅艷芳香
含笑花戴咖啡帽
桔梗花芳香四溢
迎得　蜜蜂青睞　蝴蝶飛舞
厝鳥仔愛在電線桿上排隊伍
啾啾地跳著音符

走在濃密的竹林裡
聽得竹笙隨風吹拂搖曳
仰望竹林　其聲　悽悽切切
忽地停止　週遭　靜謐寂寂
嚇得我　飛快跑腿　喘氣如牛

盛夏蟬鳴唧唧
是芒果渾黃成熟季
閃電雷鳴颱風豪雨
串串龍眼掉落滿園地
田園青蛙咯咯地唱
蟋蟀戚戚鳴聲響
中秋文旦層層白皙細膩的內皮
包裹著一瓣瓣的果實
帶點甜酸苦澀的汁液

溪洲村是我故鄉地
三條小河奔流唏哩嘩啦地唱不停兮
我愛的故鄉地使我懷念不已

每一個人在人生的旅途裡，都會面臨到徬徨和挫折和困難，我曾經嘗盡了酸甜苦辣，我也遭遇到無盡的痛苦與心靈的傷害，也因此使我走進最為傷心和難過的荊棘旅程裡。

我有了信仰，我相信上帝，創造大自然和萬物，它賦予人類智慧、信心、勇氣和力量，其潛在能力是無窮的。於是，我不再徬徨，勇敢地站了起來，我努力刻苦地學習，除了從事於朝九晚五的工作外，又熱心的從事於兒童教育，我愛學生孩子們，他們天真無邪的笑聲，打破我鬱悶在心中的痛苦，消失了我哽在咽喉上的吶喊與充滿在眼睛裡的淚珠，於是，我的筆屏除了一切令我凋謝的傷心、難過和苦痛而找回了喜樂和歡心，因此我對於自然的天籟有了良好的交流，而吟唱歌頌著《老田巷》裡的每一首詩歌。

林奇梅　於倫敦格林佛小鎮老田巷
二〇一一年三月七日

目次

第三輯 橡樹

目次

第五輯　憶

第六輯　溫馨

第一輯
三月

三月

冬雪像一支著軍服的海軍
襲擊微禿的豪士頓山嶺
使得頂尖像聖誕老人白髮披肩

春天的季節來臨
山毛櫸樹片片的雪滴落
山頭起了溫暖的風吹拂
大地呈現歡愉呼嘯聲

榆樹下褐色肥沃的泥地
雪花滴子展露微笑的臉
春泉似白瀑布從山嶺傾瀉

三月是美麗的季節
走在柏恩溪上的小木橋
聽見水流清澈擊石
知更鳥的鳴吟聲
輕輕脆脆互別苗頭

大地甦醒花兒生氣盎然
柳綠杏白呈現欣欣向榮
鵝黃水仙列隊鬱金紅透香檳
我歡欣地走在布朗河畔

野地在陽光下甜睡
新的綠芽正在醞釀著
幾隻綿羊低著頭啃嗜嫩草
圍繞成圈未見抬頭張望
像是一朵白棉花

微風吹拂徐徐
驅散黑雲和小雨
藍天白雲飛躍

■ 三月是美麗的季節，大地甦醒，花兒生氣盎然

相聚

我們都有過快樂的童年
相聚在一起歡笑唱歌
我領隊你跟隨玩捉迷藏
不知憂愁不知煩惱

你我時常打架追逐踢拳
我高興看你哭卻被罰寫字
賽紙船爬樹捉鳥釣魚抓蝦
野地裡放風箏誰飛得遠飛得高

相思別離是漫長是掛念
天涯若比鄰都是好落腳之地

祈福平安是神的虔誠兒女
片片字紙的回憶是溫馨甜蜜

我們又相聚坐在湖邊的草地
你還是一樣的高挑年青瀟灑
我仍舊美麗臉頰紅暈害羞
我舉拳你跺腳談笑風生話當年

陽光艷麗微風徐徐
白色的野薑花陣陣芳香
溪流淳淳地流唱像知更鳥鳴
嘴角微笑醒來才知是一場相聚的夢

中年

親愛的：「我的學習在哪兒？」
親愛的：「我的努力在哪兒？」
挺起胸膛，果決不懼怕
是充滿好奇十足的年齡

親愛的：「我的事業在哪兒？」
親愛的：「我的熱忱在哪兒？」
有無盡的期盼和希望
是快樂生活在為人群服務

親愛的：「我的努力在哪兒？」
親愛的：「我的計劃在哪兒？」

嚐盡了酸甜苦辣，痛苦的掙扎
是生活在勞苦奔波的歲月

親愛的：「我的成功在哪兒？」
親愛的：「我的失敗在哪兒？」
不驕傲，不後悔，勇往直前
是經驗充足有信心的年齡

足跡

仰望無際的藍天
多采多姿的畫
有太陽走過的腳印
有頑皮的雲飛躍
有倒了墨汁印染？

寬廣碧綠的草坪
花兒點綴蜂蝶飛舞
有野菊白白黃黃
有蝸牛爬行吐沫
有晨霧露水滴滿？

海水湛藍海鷗飛翔
朵朵的浪花澎湃
有船在滑行
有海龍在底層
有地殼在變動？

山嶺掛著彩虹
弧形艷麗漫瀾
有雪花飄落
有小雨點滴
有指揮家彩排？

晨曦魚鱗祥瑞
金絲鳥鳴婉轉
有普天同慶

有愛的組曲
有良友來相伴？
笑容可掬的臉龐
畫上了幾道的痕
有鬢白髮霜
有微駝的背
有歲月的足跡。

六角亭

含苞待放的年齡
群居宿舍歡樂聲滿校園
朋友東盼西望帥哥親臨訪
六角亭善等待差使送信來

約會在熟悉的亭前
羞怯的臉龐美得紅暈
談心甜蜜花好月圓
回憶像唱一首歌畫一幅畫

少女不知憂愁的天真
賞心悅目遊歷櫻花園

攜朋友伴陽明山踏青
圍繞紅色六角亭你猜我贏

燦爛的陽光知更鳥鳴
松柏翠綠森林氤氳
艷麗的野玫瑰遍地開放
小溪淳淳地奔放拱橋下洗濯

白色的蘆葦花美串串
涼風微微陣陣天籟之音
登高遠望在頂端的六角亭
溫馨微笑卻是過往的煙雲

楓紅葉落

門前一棵楓樹
茁壯挺拔美麗無比
晨曦照亮綠葉暈染草地
溫暖陽光投影帷簾薄紗
漫漫富裕我生命的色彩

春天吐芽新綠
喜鵲成雙愛作巢
晨霧露水點滴圓珍珠
金絲雀鳥鳴在樹梢
是纏綿的詩歌是悅耳的譜曲

暑夏樹長綠葉蔥蘢

花開朵朵的溫柔
陽光眩目暖暖的熱情
風兒翻飛芬芳微微
像是母親衣摺裡的乳香

迎風的笑靨
翠綠的季節遠去
秋風秋雨楓紅浪漫
滿樹的金黃普天同慶
落葉飄飄褐色成毯

冷冽的北風吹拂
月光裸露肩膀瀟灑的枝幹
冬夜承受霜雪侵襲
不露一絲的悲愁難過
紹華年年燦爛的翼

■ 秋風秋雨楓紅漫漫，滿樹的金黃普天同慶

前院的樹

前院的一棵龍眼樹
長得高聳茁壯翠綠
清晨麻雀在樹上啾啁
春天開滿了繁花
我們時常在它的樹下玩遊戲
我清楚的記得滿樹豐盈

前院的一棵芒果樹
長得青翠濃密滿樹蔭
清晨蟬鳴寂寂蜜蜂嗡嗡
夏天翠綠果實掛滿枝

我們時常在它的樹下捉迷藏
我清楚的記得果實粒粒搖晃

前院的一棵楊桃樹
長得翠綠枝葉低垂到牆圍
清晨白頭翁歡喜跳躍
秋天果實片片瓣瓣
我們時常在它的樹下扮家家
我清楚地記得滿樹青黃

前院的一棵梨樹
長得青翠濃密滿樹蔭
清晨知更鳥鳴吟唱
秋天果實褐黃豐收滿院
我時常在它的樹下話家常
我清楚地記得品嚐汁液甜蜜

前院的一棵蘭花樹
長得青翠濃密的樹蔭
清晨知更鳥鳴喜鵲咕咕
春天開滿繁樹粉紅的花
夏天艷陽點點彩霞映照
秋天金黃落葉飄飄
冬天白雪皚皚掛滿樹梢
我清楚地記得它是我的知音良伴

我住的地方

我住的地方淳樸的莊稼農舍
位在寬廣無際的嘉南田園
黎明即起　公雞啼叫　太陽閃爍金黃
牽牛花朵朵似喇叭攀爬在樹叢
籬笆晾曬著一件件美麗的花衫

農夫伯伯不辭辛苦牽著牛
駛著叮噹叮噹聲響的牛車
水牛有耐力犁一畦畦的稻禾
俯身下去在水渠邊喝水
啊！牠在啜飲著土地的甘飴

綠油油一片山巒
濃密的檳榔樹葉像傘遮陽
道路旁列對整齊的芒果樹
粒粒濃郁的果實串串地掛著
叮咚叮咚的隨著微風飄落

放眼稻禾麥穗隨風波浪
節節瘦瘦長長甜甜的甘蔗
串串粒粒隱藏地底的落花生
藤長鬚多葉綠根莖的甜薯
白色花椰菜含苞棵棵圓圓似球

庭院深深玫瑰紅艷芳香
含笑花戴咖啡帽
桔梗花芳香四溢
迎得　蜜蜂青睞　蝴蝶飛舞

厝鳥仔愛在電線桿上排隊伍
啾啾地跳著音符

走在濃密的竹林裡
聽得竹笙隨風吹拂搖曳
仰望竹林　其聲　悽悽切切
忽地停止　週遭　靜謐寂寂
嚇得我　飛快跑腿　喘氣如牛

盛夏蟬鳴唧唧
是芒果渾黃成熟季
閃電雷鳴颱風豪雨
串串龍眼掉落滿園地
田園青蛙咯咯地唱
蟋蟀戚戚鳴聲響
中秋文旦層層白皙細膩的內皮

包裹著一瓣瓣的果實
帶點甜酸苦澀的汁液

溪洲村是我故鄉地
三條小河奔流唏哩嘩啦地唱不停兮
河水清澈足見小蝦小魚
年少不經世　愛玩愛遊戲
跟著大人去河邊釣魚
忽見釣鉤搖搖晃晃
急忙跳進深水裡抓魚戲

提著畚箕挑著擔子到菜園
施肥拔草澆灌蔬菜
腳踏軟沙水深及頂幾近窒息
忽遇貴人喊聲急救死裡逃生
一輩子的感恩而銘記於心底

小時了了不知天高地厚
中午時分與朋友背著菜籃
跨越一畦畦的田野撿拾野菜
一口井位在寬廣無際的玉米田
小小腳兒跨不了大溝
掉進又深又窄的井底

害怕哭泣浮沉在水裡
像青蛙大聲吶喊救命急
忽來地產主人巡園地
放進水桶吊救無血色的身軀
不經事的年紀深植回憶
我愛的故鄉地使我懷念不已

第二輯

老田巷

老田巷

綠意盎然的格林佛小鄉鎮
有條蜿蜒曲折的老田巷
樸實靜謐不繁華
房屋櫛比鱗次比鄰而居

粉紅木蘭花兒滿園
雲彩點染湛藍的天
朵朵水仙昂首歌頌
草坪白花點點

高聳的栗樹茁壯
像是故鄉排排芒果樹

長滿搖搖晃晃的栗果
纍纍金黃掛在樹梢

地鐵密佈有如蜘蛛網
火車東奔西走南環北繞
像是蚯蚓喜愛鑽研地洞
忽又舉頭呼嚻奔馳樂融融

布朗河淳淳輕輕地唱
圍繞著格林佛小鎮四週
河水清晰只見鴛鴦戲水
天鵝昂首聒聒地唱歌

陽光閃爍的樹蔭下
聽得唧唧的蟲聲
我好奇駐足欲瞧瞧

忽地靜謐無聲只見展翅飛翔
仰望樹梢黃嘴烏鴉啾啾地唱
藍天白雲裡成群咯咯的喜鵲
不辭長程旅途的辛苦
飛上銀河與會牛朗織女

高聳尖頂悠久歷史的十字老教堂
叮噹鐘聲響徹了雲霄
感恩主賜予平安祥和的環境
豐富我心靈與世無爭的喜樂

朋友多年歲月的關心
溫馨甜蜜憐憫胸懷的照顧
老田巷是他鄉遇故知
使我緬懷難忘的第二個故鄉

■ 綠意盎然的格林佛小鎮，有條蜿蜒曲折的老田巷

英國天氣

英國天氣一天有四季
晴時多雲偶陣雨是它的脾氣

元月寒風冷冽刺骨
二月下雪冰雹覆蓋松柏
三月霧多露滴點點珍珠沾草地

四月薄雲雨多花草吐芽新綠
五月繁花開放紛飛漫瀾
六月玫瑰花香滿庭園

七月揮桿踢球賽舟季
八月郊外採集草莓黑梅到處生
九月梨果綠玉米黃蘋果紅

十月割麥綑綁稻草備食糧
十一月秋風秋雨楓紅栗樹金黃
十二月冷鋒吹拂葉落褐蓋大地

白金漢宮

白金漢宮巍峨聳立在英倫
雍容美麗是英女皇殿下
千人列隊拍手歡呼著哨衛兵
他們整齊更替站崗位
同步齊聲換陣隊
一上一下像個機器匠

陽光照耀白金漢宮大樓宇
雍容高貴是英女皇殿下
千人列隊拍照歡呼著哨衛兵
忠心職守的站崗位

步伐整齊換站衛
一前一後像個機器匠

魁梧高聳的白金漢宮
雍容高貴是英女皇殿下
陽光照耀著信心的哨衛兵
忠心職守的站崗位
不見女皇殿下的笑臉
只見一前一後哨兵的捍衛

茁壯挺拔的橡樹下有一座哨衛閣房
在雍容豪華的白金漢宮旁
陽光照耀發亮的哨衛兵
精神煥發年青有朝氣
千人列隊拍照歡呼
高頂毛髮帽子的站衛兵

巍峨豪華的白金漢宮宇
就在茁壯高聳的橡樹下
雍容華麗是英女皇殿下
站在高高的陽台上
與眾人揮手千人列隊歡呼
一前一後哨衛兵的捍衛

利茲古堡

宏偉富貴堂皇利茲古堡
在風光明媚英國鄉村肯特郡
榆樹高聳松柏常青
湖畔梧桐花紫紅艷麗鋪滿草地

穿越靜謐的叢林
湖邊淅淅瀝瀝水聲
天鵝結伴相隨群鴨聒聒追逐
愛麗絲花兒開滿遍地
蒲葦草倒影歷歷
四季風光多綺麗

北風吹拂穿梭時代
道出亨利王的風流艷史
宗教的紛爭譜出英國正教
皇后珍西蒙是亨利最愛

瑪莉與依麗莎白皇位的爭奪
烽火砲擊樑垣石城
胡馬的長嘶帶來邊城故事
幽禁倫敦塔城酷刑
烏鴉啼聲悽悽愴愴楚憐憐
利茲古堡寫著英國古蹟和歷史

豪士頓山

原野一片野菊黃黃
綠油油的草地白花點綴
喇叭花愛攀爬與晨曦玩追逐
風兒帶走灰雲朵朵
濃密茁壯挺拔的橡樹
槐樹林在豪士頓小山丘

忍冬花芳香瀰漫
紅白相間柔美
迎得嗡嗡的蜜蜂
與飛舞的蝴蝶

啾啾的鳥鳴其聲也怯怯
是否仍在找尋良伴

柏恩溪緩緩地環繞
它不寂寞愛與頑石跳躍
一陣陣的拍擊聲漫瀾四濺
打動著旅人的孤寂
一對天鵝在水中悠游
母鴨帶領甫生鵝黃的小鴨
活潑地洗濯
聒聒地呼朋引伴
水鳩雞應聲喝著

登上了豪士頓山
走在濃密的樹蔭下
聽得啾啾啁啁的聲音在樹梢

是喜鵲雙雙是知更鳥鳴
仰望樹兒喜見牠們
忽上忽下地跳躍
一片喜氣洋洋
牠們有了新歡或有愛撫的巢

唧唧咯咯的聲音遍地
是小蟋蟀和小蚱蜢
在草叢遍地呼朋引伴
打破週遭的靜謐
夕陽西下彩霞滿天
艷麗浪漫卻是短暫

溪邊林地

柏恩溪畔茁壯橡樹光禿
杜鵑鳥巢高掛樹梢
溪邊林地木屑枯葉覆蓋
春菊探頭微露金黃

知更鳥鳴聲唧唧
黃嘴烏鴉唱出黎明
溪邊林地松鼠忽上忽下
紫羅蘭展露貓臉微笑

柏恩溪白鵝覆腋下甜睡
杜鵑鳥兒咕咕啼聲

溪邊林地兔子撐耳張望
白雪花潔白點頭害羞

柏恩溪畔蒼鷺蹜頸老等魚兒上鉤
喜鵲雙雙汲取草屑編織愛巢
溪邊林地雛雞咕嘰找尋良伴
牽牛花攀爬樹叢與太陽追逐

漫步鄉道

晴朗的天空雲彩斑爛
郊外踏青好時光
陽光普照溫馨樂融融

沿著鄉村小徑漫步
原野一片小黃菊真美麗
綠油油的草地白花點綴

濃密茁壯挺拔的橡樹
與山毛櫸槐樹林在山丘
樹下小溪悠悠地流過拱橋

農田裡種著釉紅的蕃茄
泛黃的杏果紫紅的無花果
粒粒掛滿了樹梢

輕鬆地走在枝葉茂盛的森林
高聳挺拔茁壯的松柏下
太陽閃爍金黃點染了樹蔭

松鼠淩厲的牙齒咬著甜紅薯
一條粗繩懸掛著廢棄的橡皮圈
憶起有過盪鞦韆的快樂童年

沐浴森林陶醉在輕脆的知更鳥鳴
談笑風聲漫瀾了鄉村
抬頭仰望啄木鳥當起了樹醫生

世外桃源

乘坐輪船泛舟
山巒青翠騰雲駕霧
碧波盪漾海鷗飛翔
眼前的一切
如夢如詩如畫
怎麼不令我心感動？

坐在車窗前觀景
舉目遠望雪峰迷茫
森林鬱鬱峽谷深濬
村舍隱約木屋奇麗
芳草萋萋牛羊悠閒

處處洋溢著美麗寧靜

仰望那浩渺的山
碧綠的湖靜謐祥和
高聳的雪峰倒映湖中
湖光山色賞心悅目
美麗的風景難以忘懷
我心融化在青山碧水間

走在蜿蜒的湖畔
青青的山環繞著湖
不遠就在眼前
鳥兒輕唱松柏相依
微風輕拂我的臉龐
我心多麼平靜祥和
沐浴在夢寐以求的世外桃源

特拉法加廣場

特拉法加廣場
科林式花崗石圓柱頂
矗立著納爾遜將軍銅像
四隻巨大獅子銅飾環繞
柱基刻有各戰役的浮雕
昂首看著這一座銅像
興起憑弔偉人的勳績
英雄的犧牲鞏固了英國土
建立海上王國的霸權

納爾遜生自諾佛克牧師家庭
海軍中尉不怕困難不畏懼

屢經多次戰役贏得無數勝利
為英國奪回科西加島戰役
衛森戰役突破解圍而獲勝
接受女王勳章爵士封號
晉升海軍上將備受尊敬
贏得特拉法加戰役獲勝利卻犧牲

特拉法加紀念廣場舉辦活動頻繁
數百的和平鴿子飛翔停棲
自由自在與遊客為伍而不陌生
噴水池高數呎夏夜涼爽冬溫暖
五光十色霓虹燈照耀
景觀美麗無比甚受喝采
年年在此舉行除夕守歲夜
敲響鐘聲鳴鼓大團拜熱鬧非凡

■ 特拉法加紀念廣場，科林式花崗岩圓柱頂，矗立著納爾遜將軍銅像

第三輯

橡　樹

雲

我是一朵七彩的雲
披著美麗的衣裳
高高地在空中遨翔
越過高聳的山嶺和深銳的山谷
聽到淳淳的流水聲
呼叫著我的名字
「嘩啦！嘩啦！」雲兒快飛下來
與我們奔騰打滾
我微笑著揮揮手說聲：失禮！對不起
隨著風兒飛去

我是一朵漂泊的雲
著上了美麗的衣裳
高高地在大海上飛翔
看見洶湧的波浪
聽到海水的濤聲
呼叫著我的名字
「湧啦！湧啦！」雲兒快飛下來
與我們擊石擊鼓
我微笑著搖搖頭：免啦！多謝
隨著風兒飛去

我是一朵飛躍的雲
穿上了美麗的衣裳
高高地在樹梢上飛翔
看見朵朵花兒爭艷
聽到嗡嗡的蜜蜂聲

唧唧的鳥兒鳴吟
呼叫著我的名字
「咕咕！啾啾！」雲兒快飛下來
與我們跳躍唱歌
我微笑著搖搖翅膀：失禮！多謝
隨著風兒飛去

■ 我是一朵飛躍的雲，穿上了美麗的衣裳，高高地在天空上飛翔

晨曦

隱密在深林裏是沉寂的夜
被斧頭似的晨光給破曉
只存微微的星點綴在天空

展現在眼簾是層層魚鱗似的銀白
紅冠亮麗的兩隻公雞
穿上了耀眼的軍裝

筆直的站立高舉著軍號響
面對面吹奏起美麗的晨歌
響徹了雲霄富裕了週遭

畫眉啾啁鳴吟金絲鳥跳躍
送牛奶的工人綁上了鞋帶
向著農場開始忙碌了起來

圓月

白露水滴沾滿了野草
蟬鳴樹間齊聲渺渺
太陽已下山
夜幕低垂靜悄悄
圓圓的月緩緩升起
照亮了海嘯大浪吹向了沙灘

皎潔清晰的大地
樹影搖曳秋風滿園
黃昏院落褐葉敲窗
一番風一番雨一陣涼

愁腸已斷無怨尤
孤枝邀月影無雙

白雲悠悠
一輪明月駕輕舟
眾星拱月在天際
我歌我舞月徘徊
斜月沉沉藏海霧
落月搖情滿將樹

雨點

百萬水珠真高興
跳躍在我的臉龐
細細的滑落腳底

百萬沙丁魚真頑皮
互相排擠在湖裡
起了陣陣的漣漪

百萬圓玻璃真勇敢
不畏懼打著窗台
失敗地從屋簷滑滴

百萬水滴真歡喜
跳進紅色的荷葉下
撮合情侶永結連理

雪人

後院花園雪花掛枝頭
站著一個圓臉微笑的白髮老人
穿著白衣服白褲子白鞋子
圍著長長的紅斗篷

他率氣又勇敢
不覺寂寞不覺孤獨
不懼風雨不懼飛雪
白天與鳥兒作伴夜晚與星月相隨

只要冷冽冬天就來訪
夏天卻遠走高飛

他的名子很特別
是不露一絲悲愁的雪人

深秋

深秋
艷陽紅似火
萬物成熟的季節
蘋果粉紅的臉龐
梨果郁郁輝煌
豐富鳥兒的來訪

深秋
溫柔的微風
搖曳滿山遍野的楓紅
彩霞映照著赤色的山谷
紅葉飄飄似彩蝶飛舞

畫眉為自然吹笛

深秋
纏綿的細雨
承載著豐收的喜悅
黃菊綻放鼓鼓穗禾芳香
喜鵲跳躍的季節
雁鳴奏不完的樂章

深秋
成熟了果實
滋養萬物吸引的乳汁
潤濕風乾的土地
辛勤的耕耘豐碩的欣慰
一枚枚裝盡了筐籃
迎接來年炫麗和光彩

■ 深秋艷陽紅似火，萬物成熟的季節

秋割

大地呈現禾黃穀熟
是秋割的季節
風鼓車聲響徹雲宵
烈日照在強壯的肌膚
微笑的面頰汗流浹背
扎扎團團的稻草捆

沒有綠色的遮掩
一片黃塵塵的禾梗
秋高氣爽夜落低垂
明亮的月照著寬闊的大地

靜謐的夜只見地鼠逃竄
野山狼的長嘯黃鼠狼的咆哮

微星點點在天際
晨曦魚鱗七彩展露在山頭
雲雀鳴吟秋歌在樹梢
麻雀在禾黃穗草上數著穀粒
秋割是跳躍著音符
唱出豐收的樂章

秋夜

秋天靜謐的夜
沒聽到知更鳥鳴
卻聽到烏鴉啼聲
只見牠們停棲
在沒有樹葉的枝幹裡

海浪

海浪在陽光下閃爍
像一座藍色的城牆
前前後後搖晃
看見波浪滔天擊石
聽見海水聲音清澈
去吧！跟著浪花去吧

海浪在風中洶湧
像一座巨山
高高低低起伏
看見波浪龍捲

聽見海水唱著歌
來吧！跟著浪花來吧

海浪在雨中噴灑
像一條白瀑布
從山巔直瀉
看見波浪攀爬高躍
聽見海水吹笛呼嘯
逃吧！跟著浪花逃吧

楓樹

走在茁壯的楓紅樹下
我的心沉沉　淚沾沾
輕輕地觸摸著你的軀幹
吻著你的枝葉
「親愛的楓，我們將要永遠分離
請勿難過哭泣淚滴」

我跪在綠蔭的楓樹下
我的心難過　淚潺潺
微微的暖風吹來
聽到楓樹溫柔的聲音

「梅，天下哪有不散的宴席
今後你得好好照顧自己」

我低著頭閉起眼
不看那無情的怪手
強烈嘰咕的機輾聲
你的身軀尖銳痛苦的滑落
我哭喊狂奔「親愛的楓　神愛你」
淚滴沾濕了我的衣襟

橡樹

橡樹長在豪士頓的山腳下
枝幹挺拔茁壯
爪根伸展在褐色泥土裡

綠色長春藤攀爬在它身上
伸展雙臂歡迎鳥兒來築巢
秋天金黃落葉飄飄鋪地毯

春天嫩葉發芽滿樹梢
夏天樹蔭迎農夫來休息
秋天高興松鼠攀爬嚐果實

年復一年橡樹雙臂遭風打
花匠取斧頭來身上修
橡樹忍痛過冬春又生

■ 橡樹枝幹挺拔茁壯，爪根伸展在褐色泥土裡，秋天金黃落葉飄飄鋪地毯

山毛櫸

我是一位農夫
我喜愛滿園金黃的樹木
在風和的三月日子裡
我在農場肥沃的土壤上
種著幾棵山毛櫸
我灑上咖啡色的松柏屑

為了防止公羊的侵襲
為了避免強風的拔根
我用竹竿、繩索和鉛線作了網來保護
白兔在網外拉長了耳朵

松鼠在網外張開著蓬鬆尾巴
我躺在床上高枕無憂

現在是五月
風兒微微太陽高照
椰菜子花閃爍金黃
看見樹兒長高了
它們長出了新葉和新蕊
我高興唱著歡樂的歌

隨著夏季的來臨
山毛櫸長得枝葉茂盛
蟬聲唧唧鳥兒鳴吟
麻雀在我的山毛櫸樹上作了巢
牠們有了美麗的後代
是否能避免老鷹的侵襲？

下雪了

晨起窗簾一片光射耀
忽覺花園鋪上了粉
原來下雪為大地染了白

雪花輕輕紛飛
朵朵飄灑在我的臉龐
富裕我生命的色彩

踏在滑落的雪地上
熱情得吱嚓吱咯響
唱出快樂纏綿的歌

迎雪微紅的臉龐
溫柔芬芳的笑靨
像是初戀的少女難掩嬌羞

小雨點

小雨點從大的蘑菇滑落
跳躍了兩個戀愛人的心
靦腆低頭微笑

中秋夜

一顆渾圓明亮的月
高掛在無際的天空
忽地見到嫦娥騰雲駕霧
一隻長耳短尾的兔子陪伴
舉頭遙望才知中秋佳節來臨

蘋果花

蘋果花開放在清晨的滴露
粉紅白皙似女子肌膚
孩兒歡心在樹下
相聚快樂團圓飲嚐蘋果花酒

第一棵蘋果樹長得綠油油
是清純亞當夏娃的仙樂園
紅蘋果是牛頓發現地心引力的原動力
金蘋果是亞當夏娃的犯罪果

第一座湖是最好的海洋
是頑皮孩子引水點滴聚成

是無拘無束丟泥玩沙的日子
是坐在湖邊談情說愛的第一次戀愛

最後一座湖來自千年的湖
是滴水循環相聚不散而成
是太陽下落再升起的大地
是使我們放眼看見美麗世界

稻草人

我住在寬廣無際的大地
春神來臨花兒開放
蝴蝶飛舞蜜蜂嗡嗡
知更鳥甜蜜的歌聲
麻雀吱吱喳喳不停
孩子們歡欣踏青越野草原

紅暈太陽照耀在天空
綠油油的稻禾酥軟軟
隨著微風成綠海
我睜大了眼睛四處張望

麻雀在電線桿上跳音符
烏鴉無所事事到處飛翔

主人來到我跟前
在我脖子上繫上大圍巾
在我的兩手綁上寬長的紅絲帶
微風吹拂絲帶飄飄
烏鴉害怕得咕咕叫
麻雀啾啾到處找伴侶

禾青翠綠長到我腰際
太陽像喝醉了酒鼓著臉紅
我昂起頭搖著寬長紅絲帶
稻熟鼓鼓墜墜垂著頭
風鼓聲響亮豐收的季節
麥禾捲取滾得像草球

雨水滴滴答答灑落在帽緣
北風吹得呼呼響
夜晚清空月亮高掛雲端
羣星閃爍在天空
照亮我的臉頰和身體
我還是勇敢筆直站立在大地

貓頭鷹

貓頭鷹一家人快樂在森林
突來地震和狂風
火燒蔓延樹梢身體受傷
在風雨交加快飛行
孤單寒冷到處求救聲

貓頭鷹哭哭啼啼
到處尋尋覓覓
沒有喜悅沒有歡心
牠無家可歸失去了親人
搖晃受傷的身體飛行到另一森林

在風霜雪落的夜晚
牠不再哭泣努力學習飛行
到處找尋食物自力更生
牠受盡了飢餓寒冷和疲倦
然不再傷心不再畏懼

夜晚飛行勇敢冒險精神
不顧生命安危搜索往前行
終於找到安全落腳地
清晨早起太陽七彩在樹梢
牠沒有迷失而表現了自己

誰知曉

春神來了
誰知曉？
微風吹拂搖曳了樹梢
知更鳥鳴劃破了黎明

天上有七彩
誰點染？
風吹著樹枝芽在雲上塗鴉
雨滴調皮跳躍在虹橋

蜜蜂嗡嗡

盛夏蟬鳴唧唧
枝葉扶疏樹蔭遮陽
草叢葉腋灰塵積垢
蜘蛛結網清晰剔透

一朵巨大蜂巢掛在樹端
蜜蜂嗡嗡環嚷著
牠們唱著勿忘我歌
蜂尾展露在蜂巢外圍

蝴蝶飛舞傳播了花粉
一群蜜蜂採集花蜜

不，牠們正在說故事
告訴月亮有多圓星星有多亮

蝴蝶飛舞微笑
蜜蜂嗡嗡高興追逐
忽高忽低忽前忽後
嬉鬧花園無停息

第四輯

旅夢

影子

我像勇士使勁了力氣
推著它離我遠去
然　它捏著腳兒環繞著我
只要我回望
我心中就起了激盪

日復一日　絆倒了我的雙腳
阻礙在我的前方
然　它捏著腳兒環繞著我
對我說：我願意跟著你左右

我被風兒吹醒　有了無比的力量
勇敢地奔向遙遠的地方
我回頭再望一望
它揑著腳兒跟在我的後方

我再也不為眷念　難分難捨
縱使它像影子揑著腳兒跟在我左右
然　那只是曾經擁有　卻不為所有
是無聲無息　不為感動的東西

旅夢

我越過青青的草原
走過排排聳立的竹林
聽見雲雀悅耳輕唱的歌聲
風吹起了裙擺輕輕地對我低語
太陽從樹葉縫裡鑽射一道金光
我快樂地走過兒時的歡欣

我走在遍地荊棘的綠野
塵土飛揚的土地
翻過光禿禿的山嶺
我底眼兒濕潤模糊默默地詢問
為何我遠離那豐富的竹林

庭院圍成的稻穀場
而到他鄉異地
建起了孤寂的宅第蘿牆？

走到驚險木造的橋樑
它是吱吱地響搖搖的晃
然又要越過一座山崗
我不知前面是平坦或是艱難
不能哭泣，不能害怕　不能氣餒
單槍匹馬挺起了胸膛
勇往直前不畏懼

艱鉅崎嶇蜿蜒的路
只能面對走完它
一步一步的停息在樹蔭下
我又聽到知更鳥的鳴吟聲

抬起頭四處的張望
一道彩色的光芒
一句溫和的聲音
鼓舞著我努力不要退縮
成功才會跟著您左右

夢幻

我走過遍地荊棘的綠野
沿著艱難蜿蜒的路前進
我底眼兒濕潤模糊
顛簸倒在野地裡
忽見一道溫暖的光
親切的他帶著微笑
慈祥低語聲在耳際
當我醒來
原來是一場夢幻

我不畏懼　不氣餒　勇往直前
然　絆倒在崎嶇不平的田地

我低頭默默跪著哭泣
我又睡在野地裡
忽然聽到知更鳥的鳴吟
抬起頭四處張望
天空出現彩雲
我的眼睛亮麗
一道和煦的光
聽到他關懷的聲音

一片綠油油的草坪
一座座矗立的十字架
我看見穿著軍服瀟灑的照片
忽地我驚訝
陌生的他
曾經在我的夢裡
是一個為國捐軀的英雄
是備受尊敬的朋友哥哥吉米

自憐

我要編一首歌
不歡欣也不悲哀
是自己對自己訴說
是自己對自己唱著

我時常被拒在門外哭泣
夜晚躲在大都會的角落裡
傷心若狂而不知所以
昏黃的燈憐憫而嘆息

身心疲憊拾起筆
一字一行的落在稿子裡

淚流水滴而不能自己
卻張張再丟棄

黃昏窗外淅淅瀝瀝的下著雨
我顛顛簸簸地走到公園裡
舉頭看著無際的天
寬廣五彩斑斕美麗無比

一聲親切的話語就在耳際
溫和的傳引到心底
「朋友勿傷心難過」
「努力再努力　成功會屬於你」

淅瀝的雨是聖泉
是豐富的贈禮

信望愛的信息
有了煥然一新的心靈

是神的賦予
充滿著信心和勇氣
與無窮的智慧和毅力
仰起頭兒向前行不畏懼

鼓舞

我們是坐同一條船的朋友
在廣翰無邊的海洋面對狂風巨浪
親愛的，不要害怕，不要氣餒
讓我們一起挺起胸膛往前行
駛進風平浪靜的港灣

我們是坐同一輛火車的朋友
汽笛響駛在蜿蜒崎嶇的山坡路
親愛的，不要害怕，不要氣餒
讓我們一起挺起胸膛往前行
安全到達大火車站

我們是在同一路上奔波勞碌的朋友
隨著旗幟鼓舞聲往前踏步
不顧風吹雨打，不顧雪侵霜襲
親愛的，不要害怕，不要氣餒
讓我們成功到達山頭的頂尖

我們是在同一前線服務的朋友
隨著領隊的指揮搜蒐前行
不顧炸彈襲擊，不顧炮火扎身體
親愛的，不要畏懼，不要退縮
讓我們贏得勝利衣錦榮歸

痕跡

未走過的路
總是引人遐思
無論平坦或是崎嶇
無論荊棘或是蜿蜒

凡走過的路
必定留下痕跡
有挫折有沮喪
有開心有溫馨

將要走的路
使人充滿好奇

要信心要力量
要勇氣要關心

凡走過或是未走過
路途雖遙遠而不可期
然成功總是跟著努力而來
失敗總是跟著信心的撤退

聲音

我聽到
輕微的聲音
有時在這裡　有時在那裡
是風的聲音　是蝴蝶的飛舞
是雨的滴答　是鳥兒的啾啁
是自然的天籟吹笛

我聽到
咆哮的聲音
有時在海邊　有時在山裡
是洶湧的波濤　是海浪的擊石

是巨風的呼嘯　是火山的爆發
是自然的閃電雷擊

我聽到
深秋的聲音
有時在天上　有時在樹梢
是陽光的照耀　是黑雲的飛躍
是樹葉的飄落　是白雪的飄飄
是彩霞映照著赤色的山谷

我聽到
慈祥的聲音
有時在耳朵裡　有時在心裡
是信心的耕耘　是勇敢的鼓舞
是愛心的關懷　是希望的展現
是神的賦予無窮的恩典

電線桿

我若是一隻早起的鳥
展開翅膀就能飛翔
俗語說得好早起的鳥兒
有蟲吃還有優先選擇
牠們在我身上跳躍畫音符

隊伍像條繩拉得很長
我不知站了多久
只知道我不喜歡插隊犯規
也不喜歡突出表現
因為我守規矩從來不胡鬧

我在這兒等了很久
為什麼整條隊伍還是那些人
讓我在這裡站著不動
縱使我長得筆直又帥
卻得不到一隻蟲兒的喜愛

隊伍裡的人都在作什麼？
難道牠們都在犯規插隊？
為什麼一直還未輪到我？
我羨慕鳥兒能展翅飛翔
牠們的肚子已醞釀著想吃蟲兒

第五輯

憶

憶

憶及往日我們
坐在陽光普照的樹蔭下乘涼
你摘得一串蠟燭式的栗子花
對我說：「這會是忘不了花。」

憶及往日我們
走在海邊的沙灘上散步
你撿拾一粒螺旋花紋的黑晶石
對我說：「這會是富貴石。」

憶及往日我們
在寬廣的綠野踏青

你拔得一棵濃密的野菊花
對我說：「這會是吉祥如意花。」

憶及往日我們
坐在河邊的柳樹下釣魚
你指著在魚鉤旁游來游去的一條魚
對我說：「這會是年年有餘。」

憶及往日我們
站在波恩河橋上賞月
你指著一顆明亮的星星
對我說：「這會是星星知我心。」

■ 栗子果實串串，會是星星知我心

痛

沉痛的心
像黃葉
一陣陣　一片片
一聲輕輕的飄落

楓樹不再紅
松柏不再常青
木蘭已是枯萎
柳樹已是褐黃

不見雀鳥的啾啁
只有烏鴉的咕咕

懷念是憂戚
輕輕的碰　錐心的疼
踏在滿是荊棘的草原
一陣狂風吹起
層層剖取心中的傷痕
是悲愁　是淚水塗滿

哭泣

心傷悲愴血兒滴
鬢髮成霜淚水續
枯枝殘葉的老藤
滿樹成繭的蛹疼痛
深深厚厚沉沉

憐憫

當年的瀟灑逝去
如今駝著背拐著走
疑是受巫術咒語之害
憐憫他的不知不覺

殘忍醜惡狠辣的巫婆
像皇后與公主的妖豔
風光的被侍候
享受在高高的樓宇

符咒陷害無知兩眼紅餤
像老虎嘶吼咆哮

令人悲傷戚戚
然門檻嚴禁

得知他病魔纏身
甫自醫院回
脆弱的身軀已受傷害
僅存脈博微稀的跳動

正義與邪惡之戰
很是艱苦困難
懇求主的福佑
使被桎梏的靈魂得救

黑暗

不是龍捲風
自山嶺吹來
是不透氣的冷低團
遊走在山林間

夜深人靜一個黑色影子
有一對銳利的眼鏡蛇眼
穿著黑色衣的巫婆鬼
踏進了紅屋大廳
一股異樣的氣味
污染而令人窒息

巫婆鬼有巫術咒語
凜冽的爪變細膩的手
血紅的牙臉幻化
溫柔迷人的微笑
主人為之傾倒
迷幻的愛起伏高漲
走火入魔而不能自拔

屋外深沉靜寂
山嶺上沒有狂風
森林裡沒有暴雨
廳堂屋宇毒蜘蛛結網
從此邪氣氤氳瀰漫

中邪痛苦吶喊
像猛烈的野獸狂奔
病魔纏身而不自悟

面具

眸子冷然
凝視窗外
驕傲凌人
無情無義的面具

夜深琴弦斷了
燭光熄滅的剎那
兩條蝮蛇帶著黑色閃光
自洞穴潛入紅宇

巫術咒語
以迷魂曲的旋律

酒色魅力酩酊
使勁的感受官能的狂樂

意志軟弱茫然失魄
咆哮冷語昂首前去
火魔燃燒全身苦痛呻吟
被吞噬的靈魂木訥無神

無止境的夢魘日以繼夜
軀體被吸盡乾憋憔悴
像被釘死的腐朽木頭
一瓣一瓣的剖落

佛心憐憫驚天動地
神旨威力無比巫術幻滅
頓然喚醒悔悟哭泣
頂天立地受拯救失落靈魂

領帶

顏色是灰褐墨綠
鏡前精心地配帶
猙獰笑靨藏在鏡後
牢牢地被圈住不得脫離

臉兒蒼白無神
受了巫術咒語之害
頸兒黑黑是利爪牽引
可憐被殘害苦痛卻不知

美麗妖艷是隻狐狸
火魔刻在燃燒纏身無辜

使其皮肉被拉脫枯萎
迷失自己誤入膏肓

愚昧、墮落、貪戀
奢侈沉迷乃至泛濫
自大無視前後不聽奉勸
驕傲得震怒天地

祈神福臨降門
一道彩霞閃爍驚天動地
蛇妖逃竄消失匿跡
被毒害的軀體終被拯救

廣漠的天地向主跪著懺悔
找回自己盡失的靈魂
努力耕耘佈施善事
是神的兒女得以永生

第六輯

溫　馨

孩提

有一個男孩名叫比利
小黑狗名叫安安
他們在公園裡玩球
到河裡抓泥鰍

有一個女孩名叫瑪麗
小白貓名叫妮妮
她們在公園裡跳繩
在樹叢裡捉蜻蜓

有一個女孩名叫裘麗
小白狗名叫西西

她們在公園裡盪鞦韆
在花兒上捉蝴蝶

有一個男孩名叫貝利
小黑貓名叫迪迪
他們在公園裡滑溜梯
爬到樹上採果粒

比利、瑪麗、裘麗、貝利手牽著手
狗汪汪貓喵喵……
他們到野地放風箏
高興歡笑過孩提

溫馨

毛蟹蘭開放艷紅似火
襯托雍容華麗的大廳滿室生輝
中秋夜晚的相聚歡笑聲瀰漫
精心的烹飪豐富的筵席
溫馨熱情可口留香的招待

茉莉花的美甜蜜的心是女主人
關懷聲像金絲雀鳥的歌聲
默默的奉獻不求聲譽是主人
剛強不屈不饒是個性
為眾多海外遊子辛勤耕耘

琅琅讀書聲滿屋宇
聰明美麗學習好教育是倆千金
年年有餘滿前庭
紫紅葡萄豐收掛滿後架蓬
滿載無花果粒粒分享朋友

有生接受了主人的溫馨
難忘懷以詩詞感激在心田
祈神福祐的家庭
饒莉舒曼是祂的兒女
平安福祿滿園如意久遠

好廚師

溫馨熱情的餐廳
豐收的年滿是芳香火腿
好廚師精心的烹調技藝
客人垂涎三尺口齒留香

一道蒜苗加辣香臘肉
蠔油芥菜青翠橄欖
煎香豆腐螞蟻上樹
小杯威士忌酒過癮

經營多年辛勤耕耘
他的手藝有口皆碑

乃是這一家的大廚師
贏得遠方來客留步

千里迢迢到西班牙
歡心相聚的時刻
我心繫念的朋友情誼
難以忘懷的厚實與堅固

■ 溫馨熱情的餐廳，豐收的年滿是芳香火腿

香檳季

遍野的芳香大地歡唱
玫瑰的顏色紫丁花朵朵
鳥的鳴吟雄壯鵪雞啼得起勁
小溪的草原野菊瀰漫

艷麗的榴紅燃燒在眼底
暖風裡迴旋天籟之音
奔放的生命踩著陽光
纏綿糾葛的葡萄藤下

燦爛的花擷取陽光雨滴滋潤
忙碌的農田只聽耕耘機扎不停

金色的圓月銀色的星星
粒粒紫紅串串滿園

黃褐的葉滿樹的楓紅
豐收的季閃耀的波光
採盡了秋天的果實精華
蘊藏久遠的地窖滿是一罇罇的香檳

三棵番茄樹

朋友家中作客
備受款待甚溫馨
瞥見三棵番茄樹
種在愛麗絲小屋旁

枝葉扶疏綠油油
根莖芳香不見花兒開
朋友搖頭不知所以然
要我充做鄉下農夫忙

不顧惜香憐玉莖幹
拿起剪刀來篩選

經日黃花像星星閃閃點點
花兒美葉更青翠

月餘三棵番茄果實垂垂纍纍
長得美形狀異扁圓橢圓長方形
粒粒飽滿顏色釉紅受人喜
品嘗香嫩多汁主人微笑在心田

■ 三棵番茄樹果實垂垂纍纍，粒粒飽滿顏色釉紅

家裡的動物

妹妹常常吼常常叫
頭髮多又蓬鬆
像一頭小獅子

爸爸很聰明
戴著一副大眼鏡
常常晚回家
像一隻貓頭鷹

媽媽愛打扮
每天穿得漂漂亮亮

她喜歡唱歌
像一隻美麗的黃鶯

姐姐像老師會罵人
她常常拿著尺
有時很兇猛有時很仁慈
真像一隻母老虎

我兩腳錢四腳

我像農夫努力的耕耘
我像電腦轉動得精靈
我像運動選手飛跑的快速
我使勁追逐著圓圓滾滾的銅子
它有四腳跑得很輕巧 讓我追不著

我像風箏在天上翱翔
我像風微微地吹
我像水流滴答滴答的流
我使勁追逐著圓圓滾滾的銀子
它有四腳跑得很輕巧 讓我追不著

我開著快速的火車
在原野風光裡奔馳
我掌舵著小帆隨著海浪飄揚
我使勁追逐著圓圓滾滾的元寶
它有四腳跑得很輕巧 讓我追不著

我拿著鋤頭除草施肥
在農田裡播種五穀稻子
我期盼豐碩的禾黃秋割
我使勁追逐著圓圓滾滾的皇冠
它有四腳跑得很輕巧 讓我追不著

哀戚八八水災

美麗的小林風景如畫的綠野
樸實的鄉村刻苦耐勞的鄉親
風霜刻畫在他們的臉龐
喜樂在他們仁慈的心上

是什麼因由驚動了大地？
八八洪水淹沒了無數的村落
堰塞湖潰堤使得小林瞬間沒頂
莫拉克颱風帶來令人傷心的災難

哀聲哭鳴沉沉地斷了腸
救難的直昇機英雄救難鄉親

茫茫的風雨洶湧的大水
不辭辛苦可歌可泣的犧牲

上帝憐憫的子民
勿傷心勿難過勇敢的站起來
台灣乃是我們至親至愛的寶島
大家一起打拼美麗的願景很快就來

語言文學類　PG0625

老田巷
——林奇梅詩選

作　　者 / 林奇梅
責任編輯 / 黃姣潔
圖文排版 / 陳宛鈴
封面設計 / 王嵩賀
封面內頁攝影 / 林奇梅

發 行 人 / 宋政坤
法律顧問 / 毛國樑　律師
印製出版 / 秀威資訊科技股份有限公司
114台北市內湖區瑞光路76巷65號1樓
電話：+886-2-2796-3638　傳真：+886-2-2796-1377
http://www.showwe.com.tw
劃撥帳號 / 19563868　戶名：秀威資訊科技股份有限公司
讀者服務信箱：service@showwe.com.tw
展售門市 / 國家書店（松江門市）
104台北市中山區松江路209號1樓
電話：+886-2-2518-0207　傳真：+886-2-2518-0778
網路訂購 / 秀威網路書店：http://www.bodbooks.com.tw
國家網路書店：http://www.govbooks.com.tw
圖書經銷 / 紅螞蟻圖書有限公司
114台北市內湖區舊宗路二段121巷28、32號4樓
電話：+886-2-2795-3656　傳真：+886-2-2795-4100

2011年9月BOD一版
定價：200元

國家圖書館出版品預行編目

老田巷：林奇梅詩選 / 林奇梅著. -- 一版. --
臺北市 : 秀威資訊科技, 2011.09
面； 公分. -- (語言文學類 ; PG0625)
BOD版
ISBN 978-986-221-830-3(平裝)

851.486 100016572

讀者回函卡

感謝您購買本書，為提升服務品質，請填妥以下資料，將讀者回函卡直接寄回或傳真本公司，收到您的寶貴意見後，我們會收藏記錄及檢討，謝謝！如您需要了解本公司最新出版書目、購書優惠或企劃活動，歡迎您上網查詢或下載相關資料：http:// www.showwe.com.tw

您購買的書名：________________________________

出生日期：________年________月________日

學歷：□高中（含）以下　□大專　□研究所（含）以上

職業：□製造業　□金融業　□資訊業　□軍警　□傳播業　□自由業
　　　□服務業　□公務員　□教職　□學生　□家管　□其它_____

購書地點：□網路書店　□實體書店　□書展　□郵購　□贈閱　□其他

您從何得知本書的消息？

□網路書店　□實體書店　□網路搜尋　□電子報　□書訊　□雜誌
□傳播媒體　□親友推薦　□網站推薦　□部落格　□其他__________

您對本書的評價：（請填代號　1.非常滿意　2.滿意　3.尚可　4.再改進）

封面設計____　版面編排____　內容____　文／譯筆____　價格____

讀完書後您覺得：

□很有收穫　□有收穫　□收穫不多　□沒收穫

對我們的建議：________________________________

____

____

____

請貼
郵票

11466
台北市内湖區瑞光路 76 巷 65 號 1 樓
秀威資訊科技股份有限公司 收
BOD 數位出版事業部

（請沿線對折寄回，謝謝！）

姓　名：＿＿＿＿＿＿＿＿　年齡：＿＿＿＿　性別：□女　□男

郵遞區號：□□□□□

地　址：＿＿＿＿＿＿＿＿＿＿＿＿＿＿＿＿

聯絡電話：(日)＿＿＿＿＿＿＿＿（夜）＿＿＿＿＿＿＿＿

E-mail：＿＿＿＿＿＿＿＿＿＿＿＿＿＿＿＿